24329

L'HYMENEE ROYAL,

SVR LE MARIAGE DE LOVYS XIII. Tres-Chrestien Roy de France & de Nauarre,

ET DE Madame ANNE D'AVSTRICHE, Infante d'Espagne.

Faict le vingt-septiesme iour du mois de Nouembre 1615.

A PARIS,

De l'Imprimerie de PIERRE DVRAND, au mont Sainct Hilaire, à l'image Sainct Sebastien, deuant le puits-Certain.

M. DC. XV.

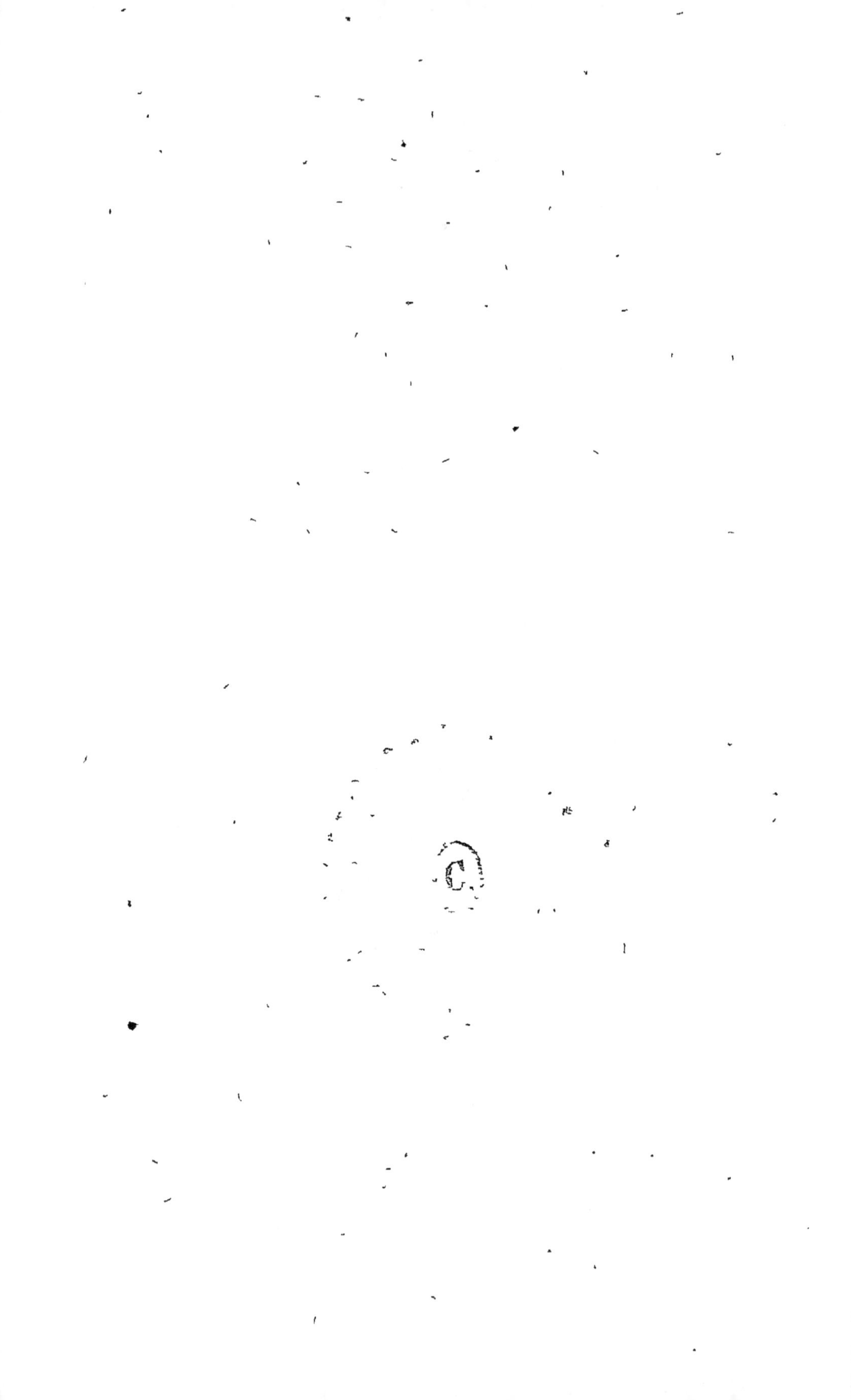

CLARISSIMO, ATQVE

ORNATISS. VIRO DOMINO, D.
MATTHÆO MOLÆO, *in augu-*
stiori Consistorio Regis Consiliario, &
eiusdem generali in Senatu Franciæ
Procuratori.

I nimis audaces, tam paruo in pectore, nobis
Mens animos forsan versat, MOLÆE, precamur
Desine mirari : fateor non viribus æqua
Suscepisse meis, multò maiora sed esse
Cœpta, quibus possent ipsæ insudare Camœnæ,
Hócque etiam munus leue non regale fatemur.
Persides auricomæ. magnis at Regibus, aiunt
Non minus exiguæ, claræ quàm sortis haberi
Munera grata virûm, licet aspernanda potenti.
Sed tenuis mea Musa tamen timet ire per auras,
Non duce te, si tentet iter, tenebrasque relinquat :
Quod tua si timidæ, fulgens, præluceat ipsi,
Fax retegens gressus, & sic vestigia firmet,
Tutior vt multò, sic & fidentior ibit.
Namque, tuo tantum, celebri sub nomine, surgit,
Quod, te, etiam melius posset tutamen habere,
Regia ; quem sacri ornat procuratio fisci,
Quem pietas sincera fouet, quem priscus honestat

Virtutis splendor, morum & miranda venustas.
Cui Themis affulsit, cui Phœbum cuncta dediſſe
Dona patet, mentique ſacrum adſpiraſſe calorem,
Poſſet Athlantæos, vt, ſuſtinuiſſe labores?

F. C. T.

Πρὸς αὐτόν.

Περὶ τῆς βασιλογαμηλίας.

ΤΕΤΡΑΣΤΙΧΟΝ.

Τίς ποτ᾽ ἔχη, γαμέοντος· ὑπὲρ βασιλῆος ἔπειν τε
Σοῦ κρείττων! σὺ γὰρ εἰ τοῦ βασιλῆος ἔπος.
Καὶ τίς σοῦ, οἷ, κ̀ Χάριτες, κ̀ Φοῖβος ἔπονται,
Κρείττων, τοῦδε γάμον ποικιλοχειρογράφη!

L'HYMENEE
ROYAL,

SVR LE MARIAGE D
LOYS XIII. *Tres-Chreſtien Roy de Fran*
*ce & de Nauarre, & de Madame A*N-
NE D'AVSTRICHE, *Jnfante d'E-*
ſpagne.

STANCES.
I.

B El aſtre aux blonds cheueux renuoy nous les zephirs,
Qui mille belles fleurs ouurent de leurs fouſpirs :
Puis qu'Amour vn Printemps ceſt Automne commence,
De graces, & douceurs, d'honneur, & de plaiſir,
Tu regis les ſaiſons, & l'an à ton deſir.
Auroit-il en celà plus que toy de puiſſance ?

II.

Ce mois ſoit fleuronneux, que les champs & les prez
De mille honneurs diuers par Flore diaprez,
Imitent en rayons la courtine eſtoillée :
Deux Empires ſi grands conioints par double Hymen,
Semblent ne point auoir rien qui ſoit de l'humain,
Mais vne cour celeſte en terre deualée.

III.

L'esmail verd-jaunissant, le pourfil damaßé
De diuerses couleurs soit aux champs amaßé,
Que les bouquets fleuris tout peinturez respirent
Le basme doux-flairant de rousee emperlez,
Par tes rayons feconds sur la terre estalez,
A fin qu'en nostre Roy tous ce bonheur admirent.

IV.

Que le mois que Maia des Athlantides sœurs
La plus riche en beauté, la plus belle en honneurs,
Fait marcher soubs son nom auec vnze ses freres,
Qui le contour de l'an font de quatre saisons,
Soubs l'escharpe à clous d'or des Solaires maisons,
N'ait plus que celuy-cy de plaisantes lumieres.

V.

Et vous peint de couleurs, ô troupeau Napæan,
Faictes ce temps-icy le plus beau mois de l'an :
Nymphes au poil doré, qu'vne tresse enuironne
Soubs vn chapeau de fleurs, aux habits damaßez,
Sortez tous vos thresors des iardins entaßez :
Vous deuez cest hommage aux lis de sa couronne.

VI.

Donnez Nymphes donnez la rose auec l'œillet,
Le Narcisse amoureux, & le double muguet,
Le mignon Adonis : Et de main liberalle
Versez sur toutes fleurs, apres le bel Acant,
L'anemone, tulipe, & le vif Amarant,
Celle que nous nommons couronne Imperialle.

VII.

Et puis qu'en son pays l'Archer Sauuage Indois,
Lequel a recognu le grand L O Y S François,
Voit bien deux fois en l'an le Soleil faire naistre
Dans ses Isles l'esmail, qu'il peint de belles fleurs,
Remplissant tous les champs de soüefues odeurs:
Hé! ce qu'a le subiet pourquoy n'aura le maistre?

VIII.

D'autant qu'vn sainct Hymen fauorisé des Cieux,
Chery de l'Vniuers, & desiré des Dieux,
Conjoint d'vn nœud si beau, d'vne amitié si pure,
Ce Monarque sans pair, la merueille des Rois,
Que le Ciel a choisy pour le peuple François,
Qu'il luy faut vn honneur qui passe la nature.

IX.

La France qui de Mars, & de la pieté
Dés son ieune berceau a le sejour esté,
Est du monde Chrestien le plus-bel Hemisphære,
Et l'Espagne c'est l'autre: ô bien heureux l'Hymen
Qui maintenant les joint d'vn sainct nœud Gordien,
Pour en terre des deux vn nouueau Ciel en faire.

X.

O beau Ciel, que se void reglé ton mouuement!
Que douce l'influence est de ton Firmament!
Et tes feux plus brillans à personne ne nuisent:
Le Ciel d'en haut n'a point qu'vn seul Soleil ardant,
Donnant tantost le iour, puis le soir se couchant,
Mais tousious celuy cy a deux Soleils qui luisent.

XI.

Ciel qui n'est veu iamais de nuage obscurcy,
De broüillars esleuez aucunement noircy,
Eslance seulement ton foudroyant tonnerre
Dessus les trois Croissans ennemis du Chrestien,
Qui ont mis leur Empire au bord Bistonien,
Et sois aux baptisez vn Paradis en terre.

XII.

Ieune Achille François, sacré fleuron du lis,
Du nom, comme du sang du grand Roy sainct Louys,
Le Ciel patron des Roys vous serue de deffence,
Comblant vos ieunes ans de graces, & d'honneur,
D'eternelles vertus, de puissance, & grandeur,
Estant Achille d'ans, & Hector en prudence.

XIII.

Vous Reyne ELIZABETH, du sang des puissants Roys
Qui font par leur grandeur à l'Espagne les loys,
Vostre grace, & vertu, vos beautez, vostre hautesse,
Vostre œil, & vostre front, ont tant de maiesté,
Qu'on vous diroit plustost auoir tousiours esté,
Non pas Reyne de France, ains nouuelle Deesse.

XIV.

Autant comme Iunon, Deesse estes vous bien,
Vostre renom s'estend autant comme le sien:
Non, Iunon, ny Pallas, ny Diane auec elles,
Et si ensemble estoient toutes les Deitez,
Prés de vous n'auroient point lustre de maiestez,
Mais sembleriez Deesse entre femmes mortelles.

Vesper

XV.

Vesper Astre doré, d'vn pas du tout pareil,
Et se couche, & se leue ainsi que le Soleil,
Vous estes ce Vesper, & clarté matiniere,
D'Hesperie enuoyée au Soleil des François :
Mais celuy-là tout Astre obscurcit quelquefois,
Et celuy-cy tousiours accroist vostre lumiere.

XVI.

Claire Aube du matin, belle Estoile du iour,
Sur l'Horizon François, pour luire à vostre tour
Qui sortez de l'Espagne, apportant toute ioye,
Ainsi que fait l'Aurore, amenant le Soleil,
Pour esiouïr le monde esueillé du sommeil,
Vous l'Aurore serez, que le Ciel nous enuoye.

XVII.

Le grand pere Ocean, qui de ses bras ondeux
L'Espagnol, & François enuironne tous deux,
En voyant tout ioyeux, par si saincte alliance
Ces deux peuples voisins d'amitié s'embrasser,
Comme Oracle certain s'est mis à prononcer,
A iamais soyent en paix & l'Espagne, & la France.

XVIII.

Et poussant plus auant sa Prophetique voix,
Ie verray (ce dit-il) vn grand nombre de Roys,
Sortir heureusement de ce sainct mariage,
Pour tenir à iamais soubs eux tout l'Vniuers,
Semans leurs fleurs de lys en des peuples diuers,
Et moy-mesme ie veux faire aux beaux lys hommage

XIX.

Et bref, moy comme estant de la France vaßal,
Et dependant du tout de son sceptre Royal,
Ie calmeray mes flots de la mer azurée,
Pour luy faire chemin vers son subiect Indois,
Ou quand au champ de Mars s'en ira le François,
Pour luy donner en tout la victoire asseurée.

XX.

Et puis, dans mes Palais n'y aura iamais rien,
Rien au profond des eaux, qui ne soit du tout sien:
Et Neptune espandant sa richeße feconde,
Les perles à monceaux à mon Roy i'offriray,
En fin tous les thresors de mon sein i'ouuriray,
Car il est le plus grand des Monarques du monde.

XXI.

O bien-heureuse couple, ô Royalles amours,
Que le Ciel à la France a conjoint pour tousiours:
O Sacré-Sainct Hymen, qui deux beaux cœurs embraßes
La Reyne ELIZABETH, & nostre grand LOYS,
Si gentil en beauté, que le bel Adonis
Sembleroit prés de luy, n'auoir aucunes graces.

XXII.

Comme Cypris esprise à l'or de ses cheueux,
Tortillonnant les siens en mille, & mille nœux,
Arme ses traicts d'attraicts, & de feinte sa plainte,
D'vn Printemps de douceurs, d'vn Esté de plaisirs,
Son visage parant, pour plaire à ses desirs,
A fin de luy donner plus viue son atteinte.

Ainsi chaste Cypris, en honneur, en beautez,
En attraicts si charmeux, en douces maiestez,
En corps plus que Royal, le vray temple des Graces,
Ton visage celeste, auec ton bel esprit,
Si fort en te voyant ton Adonis éprit,
Qu'en tes beaux retz si doux pour iamais tu l'enlaces.

XXIV.

Et quoy qu'il sembleroit que ces monts sourcilleux,
De leurs sommets chenus auoisinans-les Cieux,
Que la belle Piren' d'Hercule tant aymée
Appella de son nom, qui iamais ne mourroit,
Soient la mis par les Dieux, affin qu'Espagne soit,
Non iointe, mais plustost contre France animée.

XXV.

Amour bien plus puissant que tous les autres Dieux,
Monstrant les grands-effects que produisent ses feux,
Comme s'il eust brisé ceste grande barriere,
Et le Sceptre Espagnol, & celuy des François
A faict ioindre d'Amour pour en faire des Rois:
Qui pourroit à l'Amour empescher sa carriere?

XXVI.

Quelle allegresse ont eu, quel ayse, quel honneur,
Quelle gloire, & plaisir, quelle ioye, quel heur,
Les Nymphes aux yeux verds de la large Garonne,
Où le flot reflotant du riuage Aquitain,
Grondant se sent bridé d'inuiolable frain,
Voyant ioindre vn Hymen l'vne & l'autre couronne?

XXVII.

Mais elles ont regret n'auoir vne autre fois,
Celuy qui fut iadis l'honneur du Bourdelois,
Dont la Muse Latine a'deſſus leur riuage
Entonné ſes doux chants, affin que par ſes vers
Ceſt heur qu'elles ont eu volaſt par l'Vniuers,
Et chantaſt hautement ce diuin mariage.

XXVIII.

Ceſte Royale mere, & ſur tout pour orner
De los, qui la voyans les a faict eſtonner,
Ce timon de la France, au monde vne merueille,
En ſageſſe, en bonheur, en prudence, en douceur,
En graces, en bonté, en Iuſtice, en honneur,
Que leur flot dit touſiours qu'on n'a veu ſa pareille.

XXIX.

O ſages vieux Neſtors, dont le conſeil heureux
Balance au iugement les affaires des deux,
Il faut bien croire qu'eſt voſtre humaine prudence
De la diuine aymee: à l'effect on cognoiſt
Le bien de vos aduis qui clairement paroiſt,
Dont à iamais ſera heureuſe noſtre France.

XXX.

Mais ce pendant la Seine en a eu deſplaiſir,
N'ayant eu ceſt honneur, comme eſtoit ſon deſir,
Les Nymphes de ſes eaux pleines d'impatience,
S'en ſont allé cacher au fond de leur criſtal,
Diſans que la Seine eſt le vray fleuue royal,
Voire pluſtoſt le Roy des fleuues de la France,

XXXI.

Mais d'vn ardant defir elles attendent fort,
Leur Soleil qui reuient, où eſt tout leur confort,
Eſperants au retour de voir en recompenſe,
Leurs braues Maieſtez en triomphe pompeux,
En ſuperbe appareil, en habits ſomptueux:
Le remede à tout mal eſt ſouuent l'eſperance.

XXXII.

Auſſi la ville-monde, & tripl'vne cité,
Depuis que ſon retour a eſté raporté,
N'a ſoing que de ſoigner, nul affaire que faire,
Ce iour, que ſon ſeiour ſoit en tout honoré,
De magnifique apreſt, & pompe decoré,
Sur tout qu'à ſon retour à ſon Roy puiſſe plaire.

XXXIII.

O ieune Delien le flambeau des flambeaux,
Ton œil ſoit eſpuré de ſes rais les plus beaux
Face vn clair iour doré, qui la France recrée,
Redoublant de parer la verdure de fleurs
Et d'embaſmer les airs des ſouefues odeurs,
Affin qu'ainſi en ſoit plus belle ſon entrée.

XXXIV.

Sacré fleuron du lys, belle plante des Rois,
Puis qu'vn ſi ſainct amour vous a mis ſoubs ſes lois.
Mettez la France auſſi ſoubs la loy deſirable
D'vne ferme amitié, d'vn amour & de paix
Qui vos peuples vnis n'abandonne iamais.
Le ſubiect à ſon Roy eſt volontiers ſemblable.

XXXV.

O sacré mariage, ô Hymen souhaité
Par qui reuient la paix dont tout mal est osté,
Sainéte paix qui remplis le monde de cheuance,
Qui faiét venir Themis habiter en ces lieux;
Que les troubles auoient renuoyé vers les Dieux,
Paix qui remets ainſi la Iuſtice en la France.

XXXVI.

Iuſtice par qui eſt deſtourné tout le tort
Qui eſt du vray proffit d'vn chacun le rapport,
Iuſtice des beautez la beauté la plus belle,
L'ornement le plus ſeur & la mere des Rois:
Iuſtice n'eſt-ce pas la fin des ſainétes loix?
Et en fin tout cela que vertu l'on appelle?

XXXVII.

Ceſte vierge Aſtreane, & le flambant Soleil
Sont tout de meſme, eſtant l'vn à l'autre pareil:
Son œil void tout aux Cieux, ſon œil void tout en terre,
En terre luy void tout, & tout void dans les Cieux:
Tous deux iamais deceuz, & iamais ocieux:
Mais elle fait la paix, luy ſouuent le tonnerre.

XXXVIII.

Pourquoy donc ne ſeroit l'Eſpagne, & le François
En feſte & allegreſſe enſemble auec leurs Rois?
Mais la France ſur tout, que le Ciel fauoriſe
Du plus grand heur duquel elle ait iamais iouy:
Qui n'auroit donc en Dieu le cœur tout eſiouy,
Puis qu'il a deſſus nous ainſi ſa grace aſſiſe?

XXXIX.

D'où vient que ce grand œil du terrestre pourpris,
Où vn monde l'on void dans le monde compris,
Où Seine de ses bras en vne Isle enuironne
Cest' Arsenal de loix, conclaue radieux,
Cest empourpré Senat, conseil de demi-Dieux,
S'esioüit dessus tout, de l'heur de sa couronne.

X L.

Et non moins la cité, qui d'vne autre a le nom,
Qu'vn siege de dix ans a tant mis en renom,
Le chef, mesme le cœur de la belle Champagne,
Tousiours ferme à son Roy, vray sang du grand HENR
Qu'après ce Sainct Hymen, en son age fleury,
Le Ciel fera paroistre vn second Charlemaigne.

X L I.

Si ferme elle a esté à son Royal deuoir,
Son peuple qui est bon, soubs vn tres-doux pouuoir
A esté bien conduit, qui estoit necessaire :
Vne prudence rare est cognuë au besoing,
Celuy la est loué, qui en a eu le soing :
Souuent ce qu'vn seul peut beaucoup ne sçauroient faire.

X L I I.

Mais qui pourroit assez honorer dignement
Ceste saincte alliance, & quel entendement
Pourroit assez fournir de fleurs Castaliennes ?
Quel discours releué enrichy de beaux mots,
Pour vn si haut subiect diroit bien à propos ?
Non, la grace il faudroit des sœurs Pierienes.

XLIII.

Mais qui plus est, le Ciel, pour combler tout à faict,
Et la France, & l'Espagne en heur, encor a faict
De la belle Iunon, sœur du Iupin de France,
Vn haut sainct mariage, affin qu'à l'aduenir
Le sceptre de l'Espagne ie le voye tenir :
O combien Dieu cherit ceste double alliance !

XLIV.

Tout beau, il faut icy vne autre Muse à part,
Pour chanter dignement cest Hymen de sa part,
Ou bien vne Françoise au doux coulant langage,
Ou vne Aragonnoise auec sa grauité :
Pour les deux il faudroit vne diuinité,
Et croy qu'Apollon mesme y auroit trop d'ouurage.

XLV.

C'est vn nœud Gardien qui iamais ne s'est veu:
C'est vn amour sans fin, si point y en a eu:
C'est vn' haute alliance, à qui n'est sa pareille :
C'est vne paix entiere aux peuples baptisez :
C'est l'ancre de salut aux naufrages brisez :
En fin c'est en ce monde vnique que merueille.